한숨의 기술

청춘문고

방식책방 하우위아 (HOW WE ARE)

목차

입을 다물고 코로 숨을 한껏 들이마신다. 잡아둔 숨을 코로 뱉는다. 이때 중요한 건 여전히 다물고 있는 입인데, 늘 이런 식으로 한숨을 쉬다가 어느 날 이런 방식이 힘들다는 걸 느낀다. 특히 숨을 뱉으며 코가 뜨거워질 때, 콧구멍을 아무리 크게 벌려도 그 많은 숨을 한꺼번에 뱉기엔 너무 비좁은 느낌이다. 그날도 그렇게 코로 마시고 코로 뱉는 중이었는데 엄마가 말한다.

"콧바람이 엄청 세네."
"콧바람 아닌데? 한숨인데?"
"야, 한숨을 그렇게 쉬면 안 되지. 코로 마시고 입으로 뱉어야 돼."
"에이, 숨은 코로 쉬어야지."
"아냐, 입으로 뱉지 않으면 내장이 상한대."

그날부로 한숨을 입으로 뱉기 시작했다. 내장이 상한다는 충격적인 엄마의 가르침 이후에도 코로 마시고 코로 뱉는 한숨은 갑자기 고치기 힘든, 아주 오래된 습관이라 코로 마셔야 할 때 입을 벌리거나, 입을 벌린 채로 코로 뱉는 등의 오작동은 일어난다. 그래도 훨씬 시원한 한숨을 쉰다.
내가 알려줄 수 있는 한숨의 기술technique은 여기까지다. 이 글은 잘못된 방식으로 지난 1년간 쉬어온 한숨들의 기술description이다. 책이 안 팔려서, 책을 들여올 돈이 없어서, 책방에 아무도 안 와서, 그냥 막막해서 때마다 코로 마시고 코로 뱉던 한숨을 담배 연기 대신 활자로 담은 글이다. 입장을 바꿔 누군가 내게 물었다면 대답 대신 한숨부터 뱉었을 HOW WE ARE 제작자 인터뷰의 키워드와 다른 제작자들의 답변을 활용하였으며, 아무리 마음이 잘 맞고 가까운 사이더라도 하나의 코와 하나의 입으로 같이 쉴 수 없다는 한숨의 특성에 따라 매우 주관적인 서술임을 앞서 밝힌다.

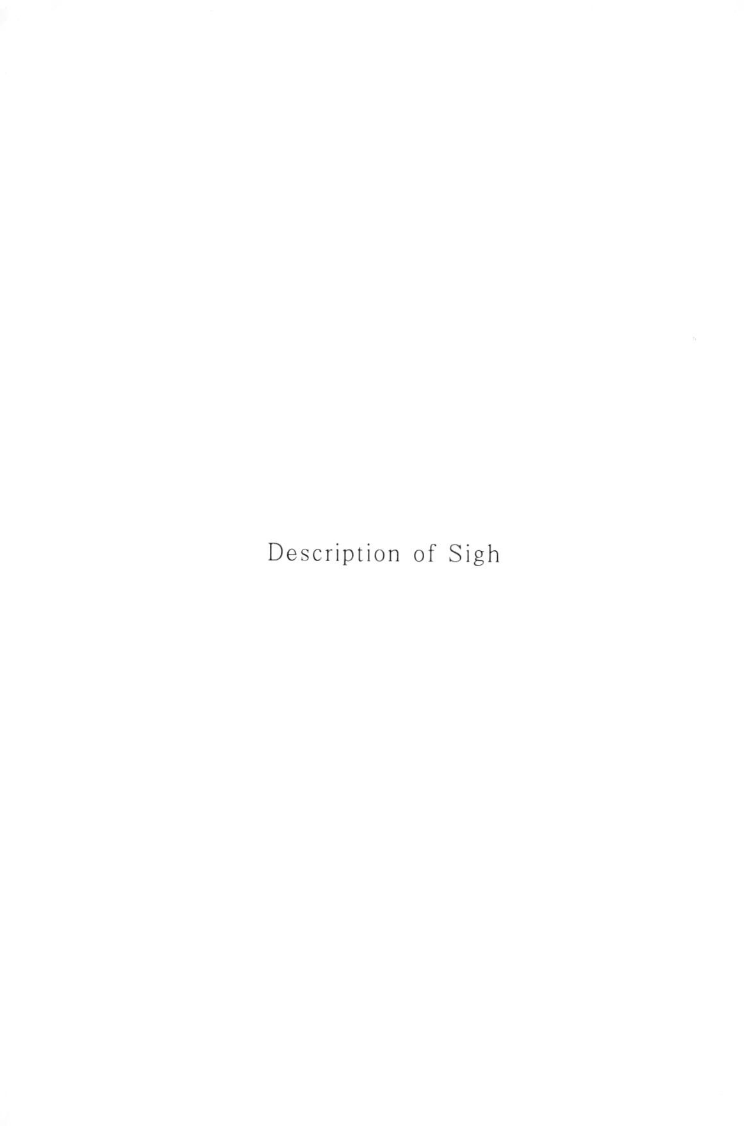

Description of Sigh

참고 및 일러두기

2012. 08 Donate Your Memories* 인터뷰 프로젝트 시작
2013. 12 Donate Your Memories 사진전 (공간 낯-선)
2014. 07 익명 인터뷰집 『HOW WE ARE vol.1 — 다시는 되풀이하고 싶지 않은 일』 발행
2014. 08 익명 인터뷰집 『HOW WE ARE vol.2 — 언젠가는 꼭 사과하고 싶은 사람』 발행
제5회 KT&G 상상마당 ABOUT BOOKS 참여
2014. 09 세종예술시장 소소 참여
2014. 10 익명 인터뷰집 『똥5줌』 발행
2015. 01 온라인 책방 HOW WE ARE** 개업
『강릉 가는 기차』 발행
2015. 04 익명 인터뷰집 『HOW WE ARE vol.3 — 더 이상 두렵지 않아진 것』 발행
2015. 05 브런치 '정말 궁금해서 물어보는 거라면***' 연재 시작
2015. 07 『시간이 많아서』 발행
2015. 10 오프라인 방식책방 하우위아**** 개업
2015. 11 UE7 참여
2016. 01 『사소설』 발행
2016. 02 온, 오프라인 방식책방 하우위아 폐업
2016. 05 책방 폐업기 『한숨의 기술*****』 발행

*기억에 관한 익명 인터뷰 프로젝트로 블로그(howweare.tistory.com)에 연재되었으며 이후 발행하는 'HOW WE ARE' 시리즈의 모태가 되었다.

**오프라인 공간 없이 독립출판물을 판매하는 사이트(howweare.co.kr)로 9개월 먼저 시작하였다.

***온라인 책방 운영기를 연재하다가 소재 고갈로 인한 돌려 막기, 연재일 미루기가 반복되어 최근에 모든 글을 비공개로 전환하였다.

****경기도 수원시 장안구 율전동 163-23, 103호였으며 2016년 5월 현재는 어느 의료기기 업체의 창고 및 사무실이다.

*****사이트에서 책을 소개할 때 사용한 제작자 인터뷰의 키워드 8개로 목차를 나누었으며, 키워드의 의미는 각 장이 시작하는 페이지에 담았다.

책을 만들기 전에 주저했던 것

제작에 앞서 망설이게 했던 것

Hesitate

책방 시작하기를 주저했던 것

책방 닫기를 주저했던 것

새해 첫 번째 일요일이었다. 페이스북 페이지에 소식을 전하곤 개업 축하 댓글을 기다리는 중이었다. 주말엔 거의 연락이 없던 선배에게서 카톡이 왔다. 회사에선 늘 라인을 썼는데, 라인이 아니라 카톡이었다. 핸드폰을 바꾸는 바람에 당시 대화 내용이 저장되어있진 않지만 놀랐어, 함께할 날들을 생각했는데 소라는 아니었나 보네 등의 몇 마디는 기억에 있다. 정작 수신인은 뭘 잘못한 건지 몰라 핸드폰을 든 채 냉장고 앞을 서성였다.

다음 날 아침 회의가 이렇게 끝나나 싶을 때쯤 사이트가 도마 위에 올랐다. 대표님은 차근차근 설명했다. 공무원뿐만 아니라 대부분의 회사는 겸업을 금지한다, 미리 같이 얘기했다면 좋았을 텐데, 허용된다 하더라도 업무 효율에 영향을 미치고 만다, 독립출판물 만드는 일을 격려했던 건 회사 일에 방해가 되지 않고 오히려 좋은 역할을 했기 때문이지만 판매 사이트는 전혀 다른 종류의 일이다, 운영이 얼마나 복잡하고 큰일인지 몰라서 너무 쉽게 생각한 것 같다, 이건 독립출판물을 만들었던 것처럼 몰래 저지른 뒤 짠하고 터트릴 일이 아니다, 따라서 이번 일은 잘못했으며 사이트를 접는 것이 옳다는 결론을 소리 없이 눈빛으로 공유하며 다들 자리로 돌아갔다. 평소처럼 앞 건물 시골밥상에 가서 점심을 먹었고, 마감에 들어간 책이 없던 때라 저녁을 먹기 전에 퇴근을 준비했다. 그날 그렇게 퇴근을 했다면 어땠을까. 사이트는 없어졌을까. 나는 어엿한 2년 차 편집자가 되었을까.

주저할

이유가

없었습니다.

하고

싶었으니까요!

–

완두콩, 『완주, 사람들』

사직서, 라고 제목을 달아버리면 뭔가 흉내 내는 기분이 들어 더 이상 회사에 다닐 수 없는 이유로 꽉 찬 편지를 썼다. 저는 이러이러한 이유로 회사를 다닐 수 없고, 그 편이 회사에도 좋은 일 같다는 내용이었는데 난데없는 시점에서 갑작스레 자랑을 하자면 대표님의 첫마디는 **역시 잘 써**, 였다. 결국 울어버리긴 했지만 꽤나 호기롭게 사무실 문을 박차고 나왔다. 회사와 사이트를 놓고 뭘 선택할 거냐는 물음이 끝나기도 전에 후자를 택했다. 주저의 지읒도 찾을 수가 없는 찰나였다.

왜 그랬을까, 왜 대표님의 말을 뼛속 깊이, 정말이지 각골난망으로 새겨듣지 않았을까. 각골난망을 이럴 때 쓰는 말이 맞나, 에 관한 논의는 은근슬쩍 넘어가기로 하고 시점을 다시 새해의 첫 월요일로 돌리자면, 그때의 나는 이상한 희망으로 가득 차있었다. 굉장히 잘할 줄 알았다. 무엇이든 할 수 있을 만큼 의기양양했고 즐겁게 잘 해낼 수 있을 것 같았다. 지인들이 응원과 걱정이 적당한 비율로 섞인, 잠정적 격려를 보낼 때마다 속으로 **괜찮아, 깜짝 놀랄 만큼 잘될 거니까**, 라고도 생각했다. 온갖 잘됨에 대한 상상으로 머릿속이 꽉 찼다. **기다림이라는 초침으로 흐르는 책방의 시간을 상상으로 미리 겪어볼 여지가 없었다**, 고 쓰면서 분침과 시침에 붙일 비유를 급히 찾아봤는데, 그러니까 이런 거다. 내가 겪은 책방의 시계는 분침과 시침이 없다. 초침만 있는데 그 초침의 이름이 기다림인 거다. 난 초침 이름이 기다림일 거라곤 상상도 못 했다. 정말이지 그럴 줄은 몰랐다.

만들기 전에는

의욕에 넘쳤습니다.

재미있고

색다른 작업을

해보고 싶었고,

제작 전에는

어떤 어려움이 있을지

예상할 수 없었습니다.

–

듀엣북, 《월간부록》

온라인 판매는 기이할 정도로 근근이, 아홉 달이나 버텼다. 역시 카드 결제가 답인가 싶어 남자친구 돈을 빌려 PG 서비스를 신청하기도, 상황을 희화화하는 이미지를 만들어 할인 행사를 진행해보기도, 어떻게 되나 보자는 심보로 아무것도 안 해보기도 하면서 가을까지 왔다. 회사를 다니며 모아둔 돈은 그간의 월세만으로도 동나기에 충분했는데 차마 0을 찍지 않은 채 여기까지 오다니 썩 기특한 마음에 남몰래 양쪽 어깨를 쓰다듬어 줄 만큼 긴 시간이었다. 볕이 그렇게 뜨겁지도 않고 딱 좋다고 느낄 무렵, 마침 몸에 이상한 반점이 생겼다. 그건 정말 '마침'이었다. 사이트는 여전히 지지부진했고 부모님께서는 치료와 요양 목적의 본가 회귀를 강권하셨다. 대망의 수원 시대가 도래하여 오프라인 책방도 열렸다. 내 잔고도 함께 열려 0이 되었다가, 마이너스가 되어버리고 만다.

처음부터 책방을 열자고 생각했던 건 아니었다. 작업실로만 쓰기엔 너무 넓으니까 사이트에서 판매하는 것들을 오프라인으로도 팔아보자!던 생각이 이렇게 된 김에 독립출판이 아닌 책들도 채워보자!로 급격히 확장된 것이다. 책방을 하려면 이 정도는 써야지, 했던 돈을 쓸 때는 몰랐는데 다 쓰고 보니 쓰면 안 되는 돈이었다. 써놓고 보니 내 돈이 아니었다. 그 돈을 쓰지 말았어야 했다는 결론으로 '책방을 하려면'이라는 전제를 다시 보면, 이 전제에 문제가 있다. 책방을 하지 말았어야 했나, 책방을 열어버린 게 정말 문제였을까.

제가 그때 돈이,

인쇄비가 80만 원 좀 넘게 나왔는데,

그게 전 재산이었거든요.

그래서 이게,

제가 뭐 글 쓰는 사람으로 유명한 것도 아니고,

하나도 안 팔릴 것 같은데

이런 짓을 해야 되나? 이랬죠.

그래서 망설였던 것 같아요.

돈도 없는데, 그런 데다 써도 될까 (웃음)

그랬는데 그냥 에이, 해보자.

너무 하고 싶었던 거여서.

서른 때 뭔가 하나 해야 될 것 같은데,

글 써놓은 것도 있는데 언젠가 한 번은

책으로 내보고 싶다는 생각이 있었어가지고,

그래서 냈어요, 그냥.

통장에 있는 돈, 전 재산이 그거였는데

그걸 다 썼죠. (웃음)

–

유재필, 『소심한 사람』

책방을 이대로 지속할 수 없다는 걸 알면서 한참을 망설였다. 그때 붙들고 있던 이미지는 도망자였다. 돌아보니 20대의 대부분을 도망치는 데에 썼다. 법이나 규칙을 어기진 않았지만 휴학으로, 공무원으로, 직장인으로, 사업자로 도망쳤다. 이 단계에서 저 단계로의 이동은 자연스러운 변화였다기보다 늘 갑작스러운 충격이었고 가까운 사람에겐 폭력적일 만큼 느닷없는 사건이었다. 도망치려는 결심은 매번 **이렇게 살고 싶지 않다**는 뜻이 설 때 실행에 옮겼다. 이번 도망이 당혹스러운 건 **이렇게 살고 싶다**고 여겨서 시작했다는 점이다. 도망치다 어쩔 수가 없어 숨은 곳이 아니라 선택에 의한 시작점이었다. 내가 선택해서 시작했으니까 무엇보다도 잘하고 싶었고, 썩 잘할 줄 알았다. **잘하다**에서 **잘**의 모습을 눈에 보이듯 구체적으로 풀어 설명할 수 없다는 데에서 미숙한 준비 상태로 덤볐다가 중도에 포기할 수밖에 없던 일이었음을 알 수 있지만 말이다.

더 이상 남 탓을 할 수 없어졌다. 이건 너무 분명하게 내 탓이었다. 스스로 선택한 곳에서도 도망치는 나를 보며 이렇게 자꾸 도망치는 삶에서 벗어날 수 있을까, 장담할 수가 없어졌다. 이러다 정말 아무것도 안 하며 살게 되는 건 아닐까, 어렵게 이어진 관계들을 모두 잃어버리고 다시 숨어버리는 건 아닐까, 무서워졌다.

그러고 보니

그때는 정말 단순했다.

이제와

조금 더

신중하게 만들 걸

아쉬움이 많이 남는다.

-

지혜로운 생활, 『두 번째 퇴사』

책을 위탁한 제작자들에게 책방을 닫게 되었다는 소식을 전한 후 방구석에서 오열하며 남자친구에게 야, 너무 슬프다. 너도 이거 많이 도와줬는데 슬프지, 라고 카톡을 보냈더니 남자친구는 응, 근데 네가 지금 힘들어하니까 속상한 거지 책방이 사라져서 슬픈 건 아니야. 내가 책방을 도운 건 너보고 막 백 년 가는 서점을 만들라고 도와준 게 아니잖아, 라며 어쩐지 허무하지만 마음이 시원해지는 현명한 대답을 내놨다.

그렇다, 나는 백년 천년 대대손손 이어갈 서점을 만들려고 시작한 게 아니다, 라고 써놓고 보니 백년 천년 대대손손 이어진 서점들이 처음부터 백년 천년 대대손손 이어갈 거라 다짐한 채로 시작했기에 백년 천년 대대손손 이어진 것이 아니라 부족한 점은 때마다 보완해가며 묵묵히 자리를 지키고 책과 사람을 기다렸기에 백년 천년 대대손손 이어진 거 아니냐는 생각이 들었지만 말이다.
그렇다, 나는 부족한 점이 보여도 눈 딱 감고 꿈쩍도 안 했으며, 허리가 아파 묵묵히 자리를 지킬 수도 없을 뿐만 아니라 성격도 더럽게 급한 덕분에 기다리는 걸 세상에서 제일 못하는 사람이었다. 무슨 10년, 20년이 아니라 고작 1년 동안 말이다.

처음 목표는

만두 백 개를 모아

책을 만드는 것이었습니다.

책을 준비하면서

백이라는 개수에

큰 의미를 두기보다는

이야기를 전하자는

생각이 들었습니다.

–

오유진, 『만두만』

책방을 시작할 때엔 주저함이 없었고, 닫을 때엔 엄청 주저했다는 말을 다섯 문단씩이나 늘어놓았다. Hesitate는 8개의 질문 가운데 가장 늦게 정한 단어였다. H로 시작하며 의미도 통하는 마땅한 단어 찾기가 쉽지 않았는데 사실 Hesitate도 썩 마음에 들진 않았다. 다른 후보들로는 How, Hi, Hello 같은 것들이 있었는데 How는 하우위아의 하우와 너무 중복돼서 탈락했고, Hi와 Hello는 지금 보니 꽤 괜찮은데 왜 탈락했지? **안녕**, 이라는 의미로 자기소개를 부탁했어도 괜찮지 않았을까? 하고 고민하기엔 이미 늦었다.

누군가 책을 만들기 전에 주저한 점이 있냐고 묻는다면 대답하기 막연해서 한숨만 쏟아부었을 질문이었는데 제작자들에게 마구 강요한 건 아닐까, 뒤늦게 미안해진다. 8개를 채워야 하니까 다소 급하게 마무리 짓는 시점에서 끼워 넣었던 키워드 Hesitate는 책방을 닫는 내게 가장 크고 무거운 질문이었다. 책방을 시작할 때 주저한 점은 무엇이었는지, 주저하지 않았다면 무엇 때문이었는지, 책방을 닫기 전에 주저한 점은 무엇이었는지, 지금 주저하는 것이 무엇 때문인지. 훗날 이렇게 자책만 하면서 찌그러져 있을 것을 미리 내다본 것인지, 회사를 나오던 날 선배는 내게 **소라 때문이 아니야**, 라고 했다. 그 말을 마치 잘 가라는 인사처럼 헤어질 때 했는데, 전혀 다른 맥락에서 해주었던 그 말과 장면이 불쑥 떠올랐다 사라지길 반복하는 1년이었다.

근데

지금은

괜찮아요,

지금은

제 거

좋아요.

–

이경섭, 『당연함 사이』

책의 주제

Object

책방에서 다루고 싶었던 주제

수원행 낙향 직전 헬로인디북스에서 열린 술자리였다. 언제나 그렇듯 약속하고 만난 자리는 아니었으며 입고를 목적으로, 혹은 아무 목적 없이 책방에 들른 몇 명의 제작자들이 모였다. 사이트는 잘되냐, 이사는 왜 가냐 등의 질문을 받았고 장사는 늘 안된다, 부모님 댁에 얹혀살면서 따로 작업실 겸 책방 공간을 꾸릴 예정이라는 답을 보내며 말문을 열었다. **사실은 고민이 있어요. 그림책방, 여행책방, 퀴어책방 등 색깔이 확실한 책방들처럼 구비된 책의 주제가 분명한 책방이고 싶은데 제가 만들고자 하는 책방은 어떤 주제를 다룰지 가늠이 안 돼요.** 몹시 우울한 표정으로 고민 토로를 마치자 **굳이 주제가 하나로 정해져야 할 필요가 있을까요?**라는 질문이 돌아왔다.

그 자리에서 처음 만난 제작자였는데 동네책방 관련 프로젝트를 얼마 전에 마쳤다며, 공간의 위치를 물었다. 성균관대 근처인데 이공계 캠퍼스라서 별 반응은 없을 것 같다고 답했더니 **남학생들이 소라 씨 보러 많이 오겠네요!**라는, 초면이라서 가능했을, 긍정으로 가득 찬 응원을 보내왔다. **그런 기적이 일어나야 할 텐데,** 라고 불가능한 희망을 품었던가. 특별한 주제 없이 일단 시작하고 보자는 위험한 다짐을 새겼던가.

부디

뻔한 여행기가

안 되기를

바라면서

만들었습니다.

–

원성희, 『대체로 느린 호흡』

사이트를 시작할 때 다루고 싶었던 주제는 비교적 명확했다. 독립출판물을 만들면서 알게 된 다른 책들이, 그 책의 제작자들이 재미있고 멋져서 사람들에게 소개하고 싶었다. **이봐요, 이 책들 좀 보세요! 이 책을 만든 사람은 이런 사람인데 이러이러한 작업을 한답니다.** 하고 싶은 이야기를 표현하고 싶은 대로 담아내는, 하나로 규정할 수 없는 책들이 점점 더 궁금해졌고 알게 된 만큼 알리고 싶었다. 애초의 다짐은 내가 사서 읽어본 책들만 소개하는 것이었다. 물론 시작한 지 한 달 만에 새로운 책 찾아보기는 고사하고, 입고 문의 들어온 메일들 답장 보내기에 급급해졌지만 말이다. 당시 사이트에 책을 위탁해준 제작자들에게 **한 달 만에 초심을 잃어버렸습니다**, 로 시작하여 **답장이 늦어도 이해 부탁드립니다**, 로 끝나는 단체 메일을 보냈던 게 기억난다.

메일로 보내온 책 소개로부터 책에 대한 일말의 호기심도 일어나지 않는 책, 다른 책방에서 이미 봤는데 윽! 소리 나게 재미없었던 책이 아닌 이상 독립출판물이라는 큰 틀 아래 속할 수 있는 책이라면 모두 받았다. **어디까지 받고, 어디서부터 거절을 해야 하는가** 역시 책방을 닫는 날까지 분명한 답을 내리지 못한 문제이기도 했다.

꿈과

사랑이

넘쳐흐르는

디스코

뽕짝

코미디입니다.

–

현영석, 《록셔리》

평소 좋아하던 책방들을 떠올렸다. 책방의 분위기는 잘 맞춘 가구와 소품의 영향도 있었지만 대부분은 책장의 책들로 정해졌다. A책방은 책 좋아하는 사람이라면 제목과 저자만으로 반할 인문학 도서 위주였는데 대형서점 훑어보기로는 발견하기 힘들, 뚝심 있게 한 분야의 책을 펴내는 작은 출판사들을 갈 때마다 하나씩 발견하게 되는 재미가 있었다. B책방은 책을 딱히 좋아하지 않는 사람이라도 기꺼이 지갑을 열고 싶어지는, 예쁘고 매력적인 책이라는 '상품'을 스스로에게 줄 선물로 고르게 되는 재미가 있었다. 내가 만들어갈 책방은 어떤 책들을 소개하고 싶은지, 내가 운영하는 책방에 온 손님들이 이 책방을 어떤 곳으로 기억하길 바라는지 고민했다. 우선 내가 좋아하는 책의 목록과 그 책을 만든 출판사의 목록을 정리했다. 다 적고 나니 더 복잡해졌다. 주제나 특징을 하나로 아우를 수 없는 것들의 모임이었다.

굳이 꼽자면, 정말 애를 써서 꼽아보자면, 사는 얘기였다. 읽은 후에 아, 좋다, 싶었던 책들은 한 가지가 아닌 다양한 모습의 삶을 이야기하는 책이었다. HOW WE ARE라는 이름과 뜻도 통하면서 삶에 대해 이야기하는 책들을 모아보면 어떨까. 먹고 자고 읽고 쓰고 보고 듣는, 삶을 이루는 갖가지 방식들을 소개해보자! 그렇게 방식책방이라는 이름이 정해졌다. 방으로 시작해 방으로 끝나는 네 글자가 몹시 귀엽지 아니한가, 라는 자화자찬도 잊지 않았다.

읽고

쓰는

삶

–

더 멀리, 《더 멀리》

돈이 부족하기도 했지만, 사들이고 싶은 책의 목록이 생각처럼 금방 채워지지 않았다. 백 권은 눈 감고도 써 내려갈 줄 알았는데 만약 돈이 많다면?이라는 가정을 하고도 50권을 넘기기가 어려웠다. 장담할만한 책들을 우선 주문한 후 도착한 상자들을 보며 분류를 고민했다. 출판사별로 둘까, 했던 건 생각보다 재미가 없어서 말았고 표지 색상별로 둘까, 했던 건 생각보다 색이 다양하지 않아서 말았다. 보편적인 분류를 따를까, 했던 건 가뜩이나 적은 종수를 더 부각시켜서 말았다. 다른 곳에선 발견할 수 없는 새롭고 신기한 책들을 구비하지 못할 거라면 분류라도 신선하게 해보자는 생각에서 나온 것이 **~하는 방식**이었다.

소설과 시, 독서론 등은 **읽는 방식**으로, 영화와 미술, 사진 등은 **보는 방식**으로, 철학과 사회, 젠더와 일 등은 **사는 방식**으로 나눴다. 다른 곳에서 무엇으로 분류했건 간에 **이 책은 어떤 방식으로 소개할 수 있을까**, 생각해보는 즐거움이 있었다. 갈수록 주문 건수가 줄어 그런 즐거움도 같이 줄었지만 말이다. 나름대로 새로운 분류였으나 전체 목록을 보면 아쉬운 점이 많았다. **작은 책방이라면 이런 책이 있어야지**, 라는 생각이나 다른 책방에서 자주 보고 익숙해진 책들에 얽매였던 건 아닐까.

애매하다는 것이

주제라면

주제일 것이다.

–

맨드라미공원, 『애매한 단편집』

공간을 정리하던 순간까지 주제에 대한 고민과 고른 책들을 어떻게 소개했으면 더 좋았을까, 하는 의문은 계속됐다. 지금도 여전하다. **이 책은 좀 더 잘 소개할 수 있지 않았을까, 꾸준한 열의를 갖고 임했다면 좀 더 좋은 책을 찾을 수 있지 않았을까.** 이미 늦었지만 말이다. 총판을 통하지 않는 출판사 직거래만 가지고 다양한 책을 구비하기엔 준비된 자본도 부족했지만 좋은 책과 출판사를 알아보는 역량의 부족도 만만치 않았다.

책장 앞에 서서 기존에 있던 책방 및 새롭게 생겨나는 책방들과 비교해볼 때 나은 점은 차치하고, 뭔가 다른 점을 발견하기도 어렵다는 점에 스스로 운영자의 역할을 다하고 있는 것인지 늘 의구심이 들었고 자신이 없었다. 그럴 일은 없겠지만, 만약에 책방을 다시 하게 된다면 정말이지 주제가 확실한 책방을 하고 싶다. 초보자도 쉽게 배울 수 있는 각종 취미에 대한 책만 모은다든지, 각국의 요리책만 모은다든지, 페미니즘과 관련된 책만 모은다든지. 물론 매일의 신간 목록을 눈여겨볼 마르지 않는 끈기와, 해당되는 책이라면 뭐든 사들일 수 있게 돈도 많아야겠지만 말이다. 대부분의 제작자들이 비교적 분명한 대답을 내놓았던 두 번째 질문 Object는 책방을 운영하는 내내 가장 큰 고민거리였다. **내가 다루고 싶었던 주제는 무엇이었을까, 내가 다룬 주제는 뭘 말하려던 걸까.**

마주 보는

두 개의

거울.

–

함선영, 『눈물이 마르면 화분 하나를 사요』

책을 만들면서 많이 생각했던 사람

도움을 많이 준 사람

Who

책방을 운영하면서 많이 생각했던 사람

도움을 많이 준 사람

대학 후배의 결혼식에 다녀오는 기차 안이었다. 시원한 답을 내놓지 못한 질문들이 머릿속에서 덜컹거렸다. 언니, 어떻게 지내요? 책? 우와, 서점 하는 거예요? 언니가 만드는 책은 어떤 거예요? 어, 그러니까 그게, 라는 대답만 반복하다 너도나도 지키지 않을 만남의 약속을 잡고 서울로 돌아오는 길에 문득 어디로 가는 걸까, 싶어졌다. 공무원 연금과 야자 수당, 호봉과 진급 시험 그 어느 것과도 무관한 삶을 살게 된 건 철저히 내 선택이었지만, 갈수록 커질 거라는 예상은 했지만 이미 이렇게도 벌어진 격차 앞에서 나는 그 선택들로 지금 행복한지 의문스러웠다. 방에서 대신 강아지를 봐주고 있던 남자친구에게 확연한 차이를 눈으로 직접 보니까 지금 잘 살고 있는 건지 모르겠더라고 말하자 **야, 너 사장이야. 너 서울에서 사업하는 여자야**, 라며 정색했다.

늘 그랬다. 철저히 개인적인 선택을 내려놓고 감당하지 못해 징징댈 때면 웃어넘기기엔 사뭇 진지한 어조로 응원하며 기를 살려주었다. 무조건 긍정의 대답만 기계적으로 내놓는 것도 아니었다. 책을 만들 때에도 그래왔지만, 책방과 관련된 이미지를 만들 때 어떠냐고 미리 보여주면 아닌 건 아니라고 분명히 말해줬다. 책방을 시작할 때부터 닫을 때까지 매번 자기 일처럼 진지하게 고민하고 격려했다.

포청천.

일말의 치우침이

없는 분이라

조언을 많이

받았습니다.

\-

이채인, 『나의 방』

3주째 주문이 한 건도 들어오지 않아 사이트를 닫아야 하나 진지하게 고민하던 여름이었다. **헬로인디북스와 하우위아가 같이 할 수 있는 것들을 생각해봤어요**, 로 시작하는 메일이 왔다. 두 군데에서 쓸 수 있는 할인권이나 MD상품을 만들어보는 건 어떻겠냐는 제안과 함께 이맘때쯤 항상 장사가 안되는 것 같다며 너무 힘들어하지 말라는 격려도 잊지 않았다. 그 메일만으로도 큰 힘이 났던 기억이 난다.

결국 추진력이 강한 보람 언니 덕분에 신촌 홍익문고에서 함께 독립출판물 전시를 진행하게 되었다. 사실 그때 돈이 하나도 없어서 비용이 드는 일은 전부 다 보람 언니가 했는데, 책방 스티커 제작도 그중 하나였다. 생각보다 저렴하다며 스티커를 두 가지나 주문해줬는데 양이 얼마나 많았는지, 그중 하나는 책방 정리하면서 제작자들에게 책 돌려줄 때에서야 다 썼다. 나머지 하나는 아직도 남아있다. 책 입고할 때나 워크숍 재료를 나눠주면서 스티커를 쓸 때마다 언니가 생각난다. 만나서는 별말 안 하는데 다른 사람들에게서 얘기를 들어보면 내 걱정을 그렇게 한다고 한다. 다른 사람들이라고 썼지만 **딱 두 명한테 들은 거라** 사실 그렇게, 까지는 아닐 수도 있지만 말이다. 그리고 언니는 내 글을 재밌게 읽어주고, 내 책을 제일 많이 팔아준 책방의 사장이기도 하다. 헬로인디북스 만세.

비용 문제로

인쇄소에 차마

갈 수 없었던

내게

선뜻

컬러프린트기를 빌려준

소중한

친구가

있었다.

\-

이윤재, 『A Sunset on a White Wall with Three Sockets』

책방을 시작하며 반드시 정산만은 제대로 하자고 다짐했다. 책을 맡긴 제작자들이 불안해하거나 의문스러워하지 않도록 매달 말 정산일을 지키고 판매내역서를 보내는 일만큼은 미루지 말자고 마음먹었다. 처음 한두 달은 잘 지켰다. 그땐 판매내역이라고 부를만한 건수가 적기도 했고 그 일이 힘들지도 않았다. 거래하는 제작자가 늘어나자 자잘한 일들이 그만큼 늘었다. 무엇보다도 그 일이 지치기 시작한 건 정산을 하고 나면 악착같이 수수료를 뗐는데도 남는 돈이 없거나 마이너스가 되었을 때부터였다. 왜 이러는 걸까, 고민하며 정산을 두 달에 한 번으로 줄였다. 통장 상황에 따라 하루 이틀, 혹은 일주일씩 늦어지기도 했다. 책방을 정리하며 마지막으로 정산하던 날 역시 돈이 모자랐다. 겨우 처리하고 정신이 혼미해져 있을 무렵, 반년 전쯤 브런치에 연재했던 글을 다시 보게 되었다. 빙빙 돌려 쓰긴 했지만 내가 책방을 시작한 건, 제작자의 연락을 무시하거나 정산일을 지키지 않는 어떤 책방에 몹시 상처 받았기 때문이라는 내용이었다. 발견하자마자 비공개로 돌렸다.

부끄러웠다. 나는 뭔가 다르고 더 잘할 거라고 장담했던 과거의 나 덕분에 없는 쥐구멍이라도 만들어 숨고 싶었다. 그 책방은, 여전히 연락이 잘 안 되긴 하지만, 정말 잘 운영하고 있고 제작자들을 위해 할 수 있는 역할을 다하고 있기도 했다. 할 수 있는 것과 그것을 하는 것의 차이가 얼마나 큰 것인지, 책방을 닫으면서야 알게 된 건 그 책방 덕분이기도 하다.

쓰기 전에 많이 생각했던 사람은

책에 나와있는 사람들.

같이 여행을 갔던 친구는

남들이랑 생각이 다르다는 걸 쓰고 싶었는데

혹시 사람들이 안 좋게 볼까 봐 걱정했었고,

책에 나온 고양이라든지

그 오빠나 영어 선생님 같은 경우는

제가 특히 좋은 기억을 많이 갖고 있는 대상이어서

그걸 최대한 전달해야 한다는 생각에

그 사람들 생각을 많이 했어요.

왜냐면 혹시 잘못 썼다 하더라도,

만회할 기회가 없거든요.

이제 다신 만날 수 없거나,

만나려면 너무 오래 기다려야 하는 사람들이다 보니까

그게 가장 신경이 많이 쓰였어요.

좋은 사람들로 보였으면 좋겠는데.

\-

박지애, 『My Own City, York』

서울대입구역 근처에서 2년쯤 운영하다 2014년 겨울에 문을 닫은 공간 낯-선의 두 운영자는 예전부터 알고 지낸 친구들이다. A는 고등학교 동창이고, 또 다른 친구 B는 A를 통해 안면을 트게 되었다. 공간 낯-선은 내게 독립출판물이라는 존재를 처음 알려준 곳이기도 하고 뜻밖의 좋은 인연을 많이 만나기도 한 곳이라 특별했다. 그들이 낯-선을 닫는다고 했을 때는 **야, 너네 왜 닫는 거냐, 계속하면 안 되냐**, 캐물었고 닫고 나서 시간이 흐른 뒤에도 만날 때마다 **야, 너네 그거 닫은 거 아깝지 않냐. 다시 해볼 생각 없냐**, 며 캐물었다. 그런 질문을 할 때마다 A와 B는 글쎄, 라며 대답을 흐리거나 잘 모르겠어, 라며 대화를 다른 방향으로 돌렸다.

책방을 닫기로 결정하고 짐을 쌀 때에서야 내가 아무렇지도 않게 던졌던 그 질문들이 두 사람에게 상처가 되진 않았을까, 싶었다. 공간을 닫기로 결정하기까지 얼마나 힘들었을까, 정리하는 중이나 정리를 다 마친 후에도 얼마나 오랫동안 그 마음이 아팠을까, 하는 생각을 그제야 했다. 물론 A와 B는 **우린 뭐 그냥 시원섭섭했어**, 라며 웃어넘길 수도 있지만 그들이 했을 고민을 2년 후에야 짐작하게 된 나는 자꾸만 미안해졌다.

그(녀)에

대해서

오래도록

생각했습니다.

–

게이 곤조, 『아라네스프의 시간』

제작 과정에서 부딪힌 벽, 장애물

Wall

책방 운영하며 부딪힌 벽, 장애물

책방은 현관문으로 들어오면 큰방이 하나 있고, 아주 커다란 미닫이문 안쪽에 작은방이 하나 있고, 방구석에 자리 잡은 쪽문으로 제일 안쪽 창고와 통하는 구조였다. 큰방과 작은방을 가르는 미닫이문 두 짝은 잘 떼어 창고에 두고, 그 자리에 커튼을 쳤다. 손님들이 보고 가는 큰방은 커튼 앞에 선 6단 앵글과 왼쪽 벽을 따라 늘어선 3단 앵글들, 오른쪽 벽의 액자식 진열 공간, 그리고 중앙 테이블로 구성되었다. 작은방은 내 작업실이었는데, 책상에 앉으면 반쯤은 벽을, 또 반쯤은 커튼을 마주하는 구조였다. 반쯤은 막혀있고 반쯤은 보일 듯 말 듯 한 앞이, 고개를 들면 볼 수밖에 없는 그 장면이 그렇게 막막할 수가 없었다. 벽과 커튼 뒤에서 울다가 **누가 들어오진 않을까**, 얼른 눈과 코를 문질러 닦곤 **어차피 아무도 안 올 텐데**, 라며 자조했다.

큰방은 전면 유리라서 볕이 참 잘 들었는데, 작업실로 쓰는 작은방은 볕도 잘 안 들어서 가을, 겨울, 봄 모두 추웠다. 빗자루에 청소기, 대걸레까지 들고 설치며 청소를 해대기도, 가만히 잘 있는 책들의 자리를 몽땅 바꿔가며 일부러 움직여보기도 했지만 열기도 잠깐이었다. 내 자리에 앉으면 몸도 마음도 천천히 얼어붙는 기분이었다.

작업

매 순간이

힘들었습니다.

\-

이인영, 『꽃처럼 고울세라』

나는 쉽게 지치는 사람이다. 단기간의 집중으로 완성하는 작업에는 강하지만 꾸준히 조금씩 오래도록 이어가는 작업은 금방 질린다. 사실 내가 이렇다는 것도 잘 모르고 있었고, 스스로 어떤 사람인가에 대한 고민을 진지하게 해본 적도 없었다. 책방을 운영하면서야 알았다. 매일 비슷한 업무가 다양한 변형을 겪으며 반복되는 것이 책방의 일이었다. 다양한 변형은 어쩔 때엔 자잘하게 또 어쩔 때엔 급격하게 일어났는데, 작지만 하나의 회사를 운영하는 일이라고 생각하면 당연한 일이기에 어떻게든 차근차근 수행하려 애썼다.

문제는 기다림이었다. 가게라는 건 그 자체가 기다림의 공간이었다. 인정하고 싶지 않아서 애써 무시했지만 당연하게도, 책방 역시 장사의 일종이었다. 더 자고 싶은 마음을 억누르고, 겨우 버스를 타고 도착해 가게 문을 여는 행위는 오늘 누군가 올 수도 있다는 신념의 행위이자 알 수 없는 누군가를 기다리겠다는 다짐의 실천이기도 했다. 어제도, 그제도, 저번 주에도 그 추측과 기다림은 무너졌지만 말이다. 언제 들어올지 모르는 누군가를 늘 신경 쓰는 동시에, 언제나 나밖에 없는 공간을 마주해야 했다. 초 단위로 반복되는 기대와 실망 사이로 흐르는 시간이 무서웠다.

기다릴 줄

모르는

마음

\-

함선영, 『눈물이 마르면 화분 하나를 사요』

갈수록 태산인 건, 내가 사람을 힘들어한다는 점이었다. 장사를 하겠다면서 사람이 힘들다니 이거 정말 맙소사, 소리가 절로 나는 일이었다. 정확히 말하자면 사람이라기보다, 사람의 말을 힘들어했다. **그럼 뭐, 동물이나 식물의 말을 쓰겠다는 소리냐**고 묻는다면 껄껄, **그게 아니고요**, 라며 다음과 같은 사례를 들 수 있다. 평일 저녁이었고 책방 문을 닫기 한 시간쯤 전이었다. 거하게 밥을 차려 먹기엔 늦어서 냉장고에 있는 딸기를 씻어 막 먹기 시작했을 때 두 명의 손님이 들어왔다. 식사하시는데 죄송해요, 라기에 나는 결단코 식사를 한 것이 아님을 강조하려고 굳이 딸기 접시를 들고 나와 권했다. 어떻게 알고 오셨냐, 근처에 살아서 자주 지나다녔다 등의 소소한 대화 중에 웬일인지 손님이 또 들어왔다. 이번에는 커플이었는데 기타 가방 같은 걸 짊어진 남자가 들어오면서 물었다. **여긴 뭐예요?** 책방이라고 대답하자 바로, 정말 바로 **이 동네에 무슨 책방이야**, 라고 했다. 뭐지? 혼잣말을 몹시 크게 하는 병에 걸린 건가? 생각하는데 같이 들어온 여자가 물었다.

책들은 출판사에서 다 직접 사신 건가요? 그런 것도 있고 독립출판물의 경우 대부분 위탁 판매를 하고 있다는 대답이 끝나자마자 다시 남자가 말하기를 **이런 데에 누가 위탁을 해**, 라고 했다. 잠시 표정 관리가 되지 않아 작은방으로 들어와 커튼 뒤에 숨었다. 그들이 사라진 후에도 마음이 쉽게 진정되지 않았다. 멀기도 멀거니와 일부러 그런 것처럼 아주 구석진 곳에 숨어있는 책방까지 직접 찾아와 좋은 기운을 나눠주고 가신 고마운 분들도 많은데, 정작 내 신경은 극 중 방백이라고 오인할만한 강렬함을 남기고 다시는 찾지 않았던 사람들에게 쏠렸다. 좋지도 않은 일을 자꾸만 되뇌며 점점 더 주눅 들었다. 정말이지 그럴 필요가 없었는데 말이다.

육체적,

정신적

에너지 부족이

가장

힘들었습니다.

–

정재인,『조용한 대화』

말주변도 없고 사람을 대하는 데에 미숙해서 벌어진 일들은 셀 수 없이 많다. 야심 차게 시작했다가 다시는 열지 않게 된 바인딩 워크숍에 참여하셨던 분인데, 책방을 좋게 보셨는지 워크숍 이후에도 자주 찾아주셨다. 항상 1 대 1로 만나다 보니 인사차 나누는 대화가 길어져 나중에는 왜 이런 말까지 하고 있나 싶어지는 내용까지 말해놓고 후회했다. 말을 줄이는 게 좋겠다고 여기던 차에 그분이 다시 오셨다. 인사를 한 뒤 작은방으로 들어가 하던 작업을 마저 했는데 그날 저녁 **무슨 일이 있냐, 얼굴이 안 좋더라** 하는 문자가 왔다. 그런 거 아니라고 답장 보내고 그렇게 잘 마무리 지었다고 생각했는데 그게 정말 마무리가 된 건지 그분이 다시는 오지 않았다.

또 이런 일도 있었다. 주기적으로 계획하려 했지만 일회성으로 그쳤던 바인딩 워크숍 중에 동네 주민으로 추정되는 남자분이 들어오셨다. 그분은 유리에 시트지를 붙일 때부터 이곳에 책방이 들어오는 거냐며 관심을 보이던 분이라 안면이 있었다. 구경 좀 해도 될까요, 하시기에 지금 수업 때문에 책을 다 치워서 좀 불편하실 거에요, 라고 답하자 그분이 **아, 그럼** 하면서 도로 나가셨다. 그런 뜻으로 한 말이 아니었는데 마치 내쫓은 것처럼 되어버려서 수업을 듣고 있던 분도 저 사람 민망하겠다며 그냥 놔두지 왜 그랬냐고 했다. 참고로 그때 수업 듣던 분이 요 위에 나온 아까 그분이다. 여하튼 **아, 그럼**과 함께 사라진 그분도 다신 책방을 찾지 않았다. 넉살 좋게 이 사람, 저 사람 끌어모아도 시원찮은 판에 어렵게 뗐을 발걸음을 모두 돌려보낸 것도 능력이라면 능력이었을까.

전문으로

그림을 그리지 않다 보니

깔끔한 마무리가

쉽지 않았고,

설명을 쓸 때

복잡한 그림을

다시 이해하지 못해

조금의

에러가 있었다.

–

박연서, 『차원과의 만남』

힘든 건 출퇴근을 함께 하는 반려견 초배도 마찬가지였을 것이다. 집에서 책방까지는 버스 타고 20분 정도의 거리였는데 초배가 분리불안이 심하기도 하고, 그런 초배를 부모님이 너무 힘들어하셔서 항상 데리고 다녔다. 버스 타고 다니는 출퇴근길이 힘들었던 건 반려견을 데리고 다니기엔 먼 거리를 구한 내 잘못이라 누굴 탓할 수도 없어서, 싫은 소리 없이 태워주시는 기사님들께 그저 감사할 뿐이었다. 책방 역시 초배에게는 집이었는지, 들어오거나 심지어 쳐다보지도 않고 지나갈 뿐인 사람들에게 매우 흥분하며 짖었다. 유리 앞에 앉아서 지나가는 사람이나 동물, 혹은 나뭇잎 같은 걸 보고 짖을 때엔 듣는 사람이 나쁜이니 그저 넘기거나 안쪽으로 데리고 오는 식이었는데 누군가 들어왔을 때엔 진정시키기가 힘들었다. 괜찮다며 오히려 귀엽게 봐주는 손님들도 있었지만 대부분은 놀라거나 무서워했고, 그러면 초배는 더 흥분했고, 중간에서 나는 어쩔 줄을 몰랐다.

너무 힘든 날은 대놓고 **네가 고양이였으면 좋겠어**, 라는 언어폭력을 서슴지 않기도 했다. 들어오는 손님에게 양해를 구하고 조금만 천천히 움직이며 초배에게도 한 사람, 한 사람 적응할 시간을 주면서 해결해야 했는데, 닥치듯 찾아오는 매 순간이 나는 그저 당황스럽고 짜증 날 뿐이었다. 장사를 하기엔 둘 다 무리였다.

심각한

심신미약자인

편집장과

팀원들

\-

강지은, 《낮달 — 酒 사용설명서》

어느 날은 가만히 앉아있다가 **아무도 안 왔으면 좋겠다**는 생각이 들었다. 이상한 골목에 자리 잡은 책방의 위치부터, 어설픈 취향 따라 골라놓은 책과 정신없이 짖어대는 초배까지 무엇 하나 즐겁게 소개할 자신이 없었다. 과연 내가 책방을 제대로 운영하고 있는 걸까, 이게 책방인 걸까 늘 불안하고 의심스러웠다.

아무도 안 왔으면 좋겠다는 그 생각이 책방을 닫기로 한 결정의 가장 큰 계기가 되기도 했다. 아직 오지도 않은 타인의 반응에 미리 좌절하고, 긍정적 반응보다는 부정적 반응에 더 큰 비중을 두며 대부분의 시간을 갉아먹었다. 지속할 수 있을지 가늠하지 못했을 뿐만 아니라, 이대로 지속될까 봐 무서웠다. 시간은 계속 흐르는데 나는 내가 좋아서 골랐다고 착각하는 책들과 함께 정체되어 계속 이곳에 고여있을 것 같았다.

내 사진들과

내 자신에

대한

불신

–

윤가영, 『Pool of Light』

연휴가 길어 모처럼 누워서 뒹굴던 설날에 엄마는 도저히 궁금해서 못 참겠다는 듯이 **저금은 하고 있는 거냐**고 물었다. **당연하지, 나 돈 엄청 많아**, 라고 답했더니 엄마가 입만 웃으며 **진짜 저금을 하고 있냐, 얼마나 모았냐**고 재차 물었고 나도 역시 **엄청 많이 했어, 엄청. 돈 엄청 많아**, 라는 대답을 기계처럼 반복했다. 돈 모으고 있냐는 엄마의 질문에 돈 엄청 많다는 대답이 바로 나오는 건 I'm fine 다음에 Thank you, and you?가 오는 것과 같은 이치다. 효의 나라 한국이니까 당연히 그래야 하는 거다. 대학 다닐 때도 없던 대출에 회사 다닐 때도 없던 카드빚까지 얹힌 작금의 통장 붕괴 사태를 곧이곧대로 밝히는 일은 마치 I'm fine 다음에 and Fuck you!가 오는 것과 같다.

책방도 하나의 사업인데, 사업을 지속하기엔 내 자본이 애초에 적었을 뿐만 아니라 너무 금방 동이 났다. 남는 게 없는 장사라는 표현을 이토록 슬픈 마음으로 절감하게 될 줄은 몰랐다. 사람과 돈 관리에 융통성이라고는 스마트폰 전용 적금 이자만큼도 갖지 못한 운영자의 책방은 그렇게 일찍 셔터를 내리고 말았다.

역시나

돈

–

변영근, 『지난 주말』

책을 제작하며 가장 많이 쓴 장비

Equipment

책방 운영하며 가장 많이 쓴 장비

영업을 종료하고 일주일쯤 지났을 때 우체국에서 전화가 왔다. 요 며칠 택배 주문 건수가 많아서 연락을 드렸는데, 쇼핑몰이라면 택배 계약을 하시는 게 어떻겠냐는 내용이었다. 사이트를 시작하며 그렇게도 계약을 맺고 싶어 했을 때는 거절당했는데, 책방을 정리하며 제작자들에게 책을 돌려주다 보니 역으로 계약 제안을 받게 된 상황이 웃기도 울기도 묘해서 입맛만 쩝쩝 다셨다. 막상 필요할 때는 거절당한 계약 덕분에 책방을 운영하는 동안 우체국을 참 자주 갔다. 우체국 영업시간 안에 택배를 보내면 제주도를 비롯한 섬 지역이 아닌 이상 다음 날 도착하는 걸 알게 되어 매일 오후 5시에 접수했다. 그때가 초배와 함께 산책하는 시간이기도 했다. 갈 때는 급해서 종종걸음으로 가고, 올 때는 세월아 네월아 느리게 돌아왔다. 결제가 완료된 건에 한하여 당일 출고 했기 때문에 매일 5시 즈음이면 입금 알림에 온 신경을 쏟았다. 책방을 닫은 후에도 몇 주 동안은 5시만 되면 우체국에 가야 할 것 같아서 시계를 자꾸 봤다.

운영했던 기간상 오프라인보다 온라인 판매가 훨씬 많았는데, 포장의 경우 어떤 제작자가 인터넷에서 독립출판물 여러 개를 사봤는데 하우위아에서 온 게 포장이 제일 잘되어 있었어요. 와, 진짜 시간이 이렇게 많나? 싶을 정도로요, 라고 말했을 정도로 몹시 열심히 했다. 실제로 시간이 많기도 했고, 포장하는 게 즐겁기도 했다. 회사에 다닐 땐 거래처에 가끔 보내는 택배를 포장하는 일이 그나마 소일거리에 해당하는 거라 하루 종일 포장만 했으면 좋겠다고 생각했는데, 이번에 책방을 정리하며 그 꿈을 이루고야 말았다. 돌려줘야 할 책은 하루 종일 포장을 해도 일주일이 넘게 걸릴 만큼 많았다.

사람의

힘

–

더 멀리, 《더 멀리》

포장하고 택배 보내느라 내 손과 우체국을 애용한 것 다음으로 책방 운영하며 가장 많이 쓴 장비는 SNS다. 오프라인 공간을 시작한 지 얼마 안 되었을 때 통화를 하게 된 스토리지북앤필름의 마 사장님은 **힘내요, 3개월은 무조건 기다리는 거야**, 로 시작한 격려를 SNS **매일 올리고요!**라는 조언으로 마쳤다. 그때 그 통화가 얼마나 큰 힘이 됐는지 모른다. 아무도 찾지 않는 책방에서 나는 참 열심히 사진을 찍어댔다. 그게 유일한 낙이기도 했다. 오늘은 어떤 책을 어떻게 찍어서 어떤 부분을 인용해 올릴까, 궁리하는 게 즐거웠다. 말이 아닌 글로만 나를 접한 사람들에게 심어진 막연한 호감 덕분인지 책방엔 사람이 없었지만 신기하게도 책방 SNS의 팔로워는 점점 늘어서 더 즐거웠다.

절망의 극점에 서있는 날도 당연하지만 SNS로는 절대 티 내지 않았다. 태생이 관심종자라 그게 참 어려워서 **당연한 얘길 굳이 써봤다.** 어떤 제작자가 새 책을 내면 타임라인이 그 책 사진으로 도배가 되는 모습을 종종 봤기 때문에 가능하면 다른 책방에서 올린 게시물과 겹치지 않으려고 애썼다. 구비하고 있는 책이 다 비슷비슷해서 매일 새로운 걸 찾기도 어려웠지만 말이다.

다정함과

사랑을

가장 많이

사용했어요.

–

안여진, 《소녀문학》

딱 한 페이지만 보여줄 수 있다면 펼칠 면

Above All

책방 운영하며 무엇보다도 공들인 부분

남자친구가 학교에서 플리마켓을 열었던 적이 있다. 수업을 같이 듣는 친구들과 직접 만든 물건들을 판매하는 자리였는데, 헬로인디북스에서 다른 제작자들의 책도 몇 권 받아 갔었다. 그때 팔려고 가져간 책 가운데 강이 언니의 사진집도 있었다. 얼마 후에 술자리에서 만난 강이 언니에게 남자친구가 말하길, 한 프랑스인 교수가 강이 언니의 사진집을 좋아하더라는 것이다.

그 말을 들은 강이 언니는 그 교수의 생김새나 특징을 묻더니 자신의 미국 유학 시절, 어느 프랑스인 교수가 사진에 대해 격려했던 일을 이야기했다. 그때 받았던 격려가 당시 큰 힘이 되었고, 그 후의 사진 작업에도 큰 영향을 끼쳤다며 마침 프랑스인이라기에 혹시 그 사람이 그 사람이 아닐까 싶었다고 말했다. 사진집만 봤을 땐 알 수 없던 이야기였다. 둘의 대화를 듣고 있던 나는 이런 이야기를 전해주는 책방이 되고 싶다는 생각을 하며 휘청휘청 노래방으로 향했다. **책만 봤을 때는 다 알 수 없는 제작자의 이야기를 전해주는 책방** 말이다.

사진일기로 넘어가기 전,

송광용이 적은 일기가 있습니다.

친구가 너의 일기는 일급기밀이라고 하자,

사실을 사실대로 적었을 뿐인데

비밀이고 말 게 어디 있느냐고 적은 일기인데요.

이후 송광용은 한 걸음 더 나아가

사진 자료를 빼 와 군대의 실상을 기록합니다.

공식 기록으로는 남아있을 수 없는

고된 노역에 대한 이야기,

비리에 대한 내용들이 그것입니다.

송광용이 일기를 쓰는 태도,

일기가 사료로서 변모하는 순간을

가장 잘 보여주는 대목이 아닐까 싶습니다.

–

오늘의풍경, 『고서점 호산방』

책방을 운영하며 무엇보다도 공들인 부분은 제작자 인터뷰였다. 기획과 편집부터 인쇄와 유통까지 소수의 인원, 대개는 한 사람이 책임지는 소규모 출판물의 제작 과정에는 많은 일이 일어나는데, 그 이야기를 다 책에 담지는 못한다. 어디 물어보지도 못하고 이리저리 부딪히다 해결한 일, 혹은 예상치 못했던 사람에게서 도움을 받았던 일, 누가 시켜서 하는 것도 아니기에 혼자 감내해야 했던 일들도 많은데 책은 새초롬한 얼굴로 결과물만 담고 있다. 다른 사람들이 그런 일들을 알아야 할 필요는 없지만, 머리말이나 작가의 말에 그런 일들을 구구절절 담기엔 너무 없어 보이는 탓에 다들 말을 아끼는 것 같다. 제작 과정에서 일어난 일들, 책에는 차마 전하지 못한 이런저런 이야기를 주고받고자 시작한 인터뷰였다. 사실은 인터뷰를 빌미로 제작자들이랑 친해지고 싶어서 시작하기도 했다.

책방 이름 HOW WE ARE에 맞춰 Hesitate, Object, Who, Wall, Equipment, Above All, Reason, Epilogue로 인터뷰 키워드 8개를 정했다. 책을 처음 봤을 때 오로지 독자 입장이었다면, 제작자 인터뷰를 읽고 난 후 다시 그 책을 봤을 때는 제작자 입장에서 생각해보게 되었다. 책 내용과 무관하게 인터뷰만으로도 흥미로운 답변을 발견해 혼자 좋아할 때도 많았다.

한숨을 쉬는 사람에게
왜 한숨을 쉬냐고
핀잔주지 마세요.
적어도 그 사람은
자신이 직면한 현실을
외면하진 않을 테니까요.
책임을 포기하고
외면하는 데에 익숙한 이에겐
한숨도 그다지 필요하지 않죠.
적어도 한숨을 쉬는 사람은 말이죠.
휴.
한 번 크게 숨을 쉬고,
어떻게든 다음으로
나아가기 위한 호흡을
가다듬고 있는 것입니다.

–

홍서빈, 《매거진다봄》 2호

처음엔 모든 제작자를 직접 만나 인터뷰할 계획이었다. 내가 파는 물건을 만든 사람이 어떤 사람인지, 어떤 생각으로 만들었는지 듣고 싶다면 찾아가는 성의라도 보여야 할 것 같았다. 하지만 너무 일찍 잃은 초심 탓에 직접 만나서 진행한 인터뷰는 초반의 몇 건에 그쳤고 이후 대부분의 인터뷰를 서면으로 진행했다. 그들이 만든 책만큼 제작자들의 답변 역시, 생각했던 것보다 훨씬 다양했다. 물론 질문이 가진 한계 때문에 어쩔 수 없이 비슷한 답변들이 나오는 Wall대부분 돈을 말함이나 Equipment대부분 인디자인이나 카메라를 말함 같은 키워드도 있었다.

8개의 키워드를 정하던 때 A에서 Above All을 떠올리곤 제작자 스스로 제일 마음에 드는 한 페이지를 물어보면 되겠다며 굉장히 뿌듯해했는데, 의외로 딱 한 페이지를 고르긴 어렵다는 답변이 많았다. 최근에 독립출판과 관련된 인터뷰를 요청받았는데 마감이 당장 내일이건만 한 글자도 쓰지 못한 나를 보며 입고 메일에 꼬박꼬박 인터뷰 답지도 함께 첨부해줬던 제작자들에게 몹시 고마워졌다. 질문에 답하는 게 이렇게 어렵고 귀찮은 건지 몰랐다.

30페이지.

마음에 드는 사진 중

하나여서

엽서로도 제작했었는데,

헬로인디북스

보람 언니가

'파도를 닮은 커튼'

이라고 말해준 뒤에

더 좋아졌어요.

–

김혜미, 《썸띵스어바웃》 2호

제작자 인터뷰 말고도 가장 공들인 부분을 하나 더 꼽자면, 할인 행사였다. 처음엔 여행을 다녀오는 사이 책 주문이 들어올 경우 택배가 늦어질 것 같아, 배송 지연 보상의 차원에서 할인을 해드렸다. 어차피 보는 사람도 얼마 없으니 이미지를 웃기게 만들고, 행사명도 **나만놀러가서미안할인**이라고 붙였다. 그 다음엔 내 생일이었는데, 페이스북 생일 알림을 꺼두어서 아무에게도 생일 축하 연락이 오지 않아 지인들에게 알리는 차원에서 생일 하루 동안 들어온 주문건에 한해 할인해주는 행사를 진행했다. **생축할인** 후 얼마 지나지 않아 무통장입금만 가능하던 사이트에 카드 결제가 가능해진 것을 자축하는 **카드개통기념할인**을 열었다.

무엇이 됐든 이름만 붙일 수 있으면 할인 행사를 여는 식이었는데, 도서정가제 때문에 할인율 10%를 넘길 수 없어 아쉬웠다. 매번 방식은 같았지만 때마다 다른 이유로 열었기 때문에 혹시 궁금하신 분은 하우위아 인스타그램@howweare.co.kr을 참고하길 바란다. 책방을 닫을 때까지 여러 번의 할인 행사를 열었고 때마다 혼자 반응을 살피며 즐거웠는데, 가장 기억에 남는 건 마지막 할인이었던 **닫는 방식** 행사였다. 갑자기 주문이 치솟아서 하루 종일 포장하고 문 닫기 전에 우체국으로 달려가 택배 접수하고 방전되길 5일 동안 반복했지만 끝낼 때라도 많이 팔 수 있어서 기뻤다.

딱

한 페이지를

꼽을 수

없는 것 같아요.

그저

한 권을

흐르듯

넘겨보아야

제주의 색을

느낄 수

있을 것 같아요.

–

도란, 『제주사진집 — 파릇파릇하고 푸르른』

책을 만든 이유

Reason

책방을 시작한 이유

이미 Object에서 했던 얘기지만 굳이, 좀 더 자세히 써보자면 다음과 같다. 2년 전 초여름, 남자친구와 세종예술시장 소소에 놀러 갔다. 플리마켓은 홍대 놀이터의 관광객 쓰나미 말곤 본 적이 없어서 소소시장을 보자마자 너무 좋아 마음이란 게 있다면 녹는 기분이었다. 마음이란 게 있다면, 이라니. **마음이 있지, 그럼.** 무엇보다도 참가자들이 다들 재밌어 보였다. **재밌어**의 의미는 두 가지인데 마켓 자체를 재밌어하며 즐기는 듯이 보였고, 그들 자체가 재밌는 사람들 같았다. 친해지고 싶었다.

처음으로 소소시장에 다녀온 지 보름 정도 지나 첫 책을 만들었고, 또 얼마 안 돼 두 번째 책을 만들어 가을엔 소소시장 참가자가 되었다. 그해 겨울 마지막 소소시장 뒤풀이 3차 자리에서 **소라야, 정신 차려,** 라며 내 어깨를 부여잡는 남자친구에게 **야, 진짜. 졸라 재밌지 않냐? 진짜 즐겁다. 이게 바로 행복이지, 씨방!** 하고 만세를 불렀다. 정확하진 않다. 취해서 잘 기억이 안 나지만 요지는 같았다. 이 사람들을 알게 되어서 정말 좋았다. 기뻤다.

아,

위에서

방금

설명했는데.

이 질문을

못 봤네.

–

이지연, 『Record Niceland / Mono Niceland』

책을 만드는 제작자에 그치지 않고 책방까지 운영하게 된 건, 이 사람들과 더 친해지고 싶어서였다. **안녕하세요, 『똥5줌』 만든 임소라입니다**, 보다는 **안녕하세요, 방식책방 하우위아 운영하는 임소라입니다**, 하고 인사하는 게 친해지기 더 수월하지 않을까 싶었다. 물론 『똥5줌』만 만든 건 아니지만, 첫 만남에 웃기는 데엔 그 책이 제일 확실했다. 어쨌든 책방을 하면서 더 많은 제작자들과 인연을 맺고 싶다는 목적을 달성했다.

오프라인 공간에선 제작자들과 좀 더 자주 만날 수 있도록 다양한 자리를 만들고 싶었는데 사람들을 부르기엔 너무 멀기도 했고, 그저 하루하루 앞가림하는 데에도 지쳐 그런 계획조차 못 했다. 그래도 사이트만 운영할 때엔 메일과 택배로만 연락을 주고받아 아쉬웠는데, 공간을 낸 덕분에 몇 명은 직접 만날 수 있기도 했다. 다행이다. 제작자들 모두와 절친한 사이가 되진 못했고 일부에게는 나쁜 기억을 준 사람이 되었을지도 모르지만, 다 정리한 후에도 **나는 참 좋은 사람들과 일했구나**, 하는 생각이 들어 모두에게 고마웠다.

《월간부록》은
'좋아하는 사람들과
자주 만날 수 없을까'
라는 생각에서
시작되었습니다.
같은 생각과 고민을 하며
작업을 진행하는 친구들과
즐거운 일을 기획하면
좀 더 재미있는 일들이
일어나지 않을까
상상했습니다.

–

듀엣북, 《월간부록》 3호

책방을 그만두면서 가장 염려했던 부분도 이 사람들이었다. 지금까지 속했던 집단 가운데 가장 즐거웠던, 적극적으로 좋아했던 공동체였는데 책방을 그만두면 은연중에 이 사람들과 멀어지는 건 아닐까 걱정스러웠다. 공동체, 라고 부르기엔 몹시 헐겁고 유동적이지만 말이다.

제작자들에게 마지막으로 메일을 보냈을 때 받은 답장들로 다시 한번 **역시 좋은 사람들이었군, 좋은 사람들을 만날 수 있었던 일이었어**, 생각했다. 책방을 닫더라도 책을 만드는 작업은 이어갈 것이고, 좋아하는 사람들의 작업 역시 계속해서 응원하고 싶다. 오래도록 그러고 사는 게 목표다. 책방 운영은 여기까지였지만 인연은 인연대로 흐를 것이다. 흐르겠지? 흘렀으면 좋겠다.

의욕이 떨어질 때면
'이 책을 읽어줬으면 좋겠다'
생각했던 사람들이
이 책을 읽고 보이는 반응을
막 혼자서 상상했어요.
독립출판이라는 것을 알게 되고,
자주 가는 공간이 생기고,
친한 사람들이 생긴 것만으로도
제 생활 전반에 큰 변화가 일어났는데요.
책을 읽기만 해도 이 정도였는데
직접 책을 만든다면
얼마나 많은 사람들을 더 만나게 될까.
어떤 것들을 더 하게 될까.
그것들이 또 어떤 결과를 낳게 될까.
이런 걸 생각하니
만들지 않을 수가 없겠더라고요.

-

Lost Film, 《그렇게 마시다간 사람잡지》 1호

사람도 사람이었지만 더 자세히 들여다보면, 아주 예전부터 시작된 책에 대한 애정도 한 몫 했다. 문헌정보교육과 복수전공과 도서관 아르바이트, 서점 아르바이트, 출판사 막내를 거치며 쌓아온, 그땐 책에 대한 애정이라고 착각했던 감정이 책을 잘 아는 사람처럼 보이고자 하는 욕구였다는 것과, 생각보다 책을 별로 안 좋아한다는 걸 책방을 운영해본 덕분에 알게 되었지만 말이다.

어딘가에 있을지도 모르는, 같은 취향을 지닌 사람에게 좋아하는 책과 작가들을 소개하고 싶었다. 손에 꼽지만 몇 명에겐 성공하기도 했다. 책을 만드는 것처럼 책방을 운영하는 것 역시 내 머릿속에만 있던 무언가를 밖으로 꺼내 보여주는 일이었다. 안에 있는 걸 꺼내면서 남의 눈치를 굉장히 많이 보게 되어 생각보다 빨리 지쳐버렸다는 것이 두 가지를 동시에 해본 후에 알게 된 차이였다.

시도해보고

싶은 걸

시도했다고

본다.

\-

변영근, 『지난 주말』

에필로그가 있다면 빠뜨린 말
없다면 하고 싶었던 말

Epilogue

책방 운영의 에필로그가 있다면
하고 싶었던 말

어렸을 때 뭔가를 먹기 전에 꼭 냄새를 맡는 습관 때문에 많이 혼났다. 숟가락이나 젓가락을 바로 입에 대는 게 아니라 코로 가져가서 킁킁거렸는데, 많이 혼난 덕분에 요즘은 티 나지 않게 맡는다. 먹는 행위가 아니더라도 지금까지 내려온 이런저런 선택과 결정에 대해 엄마는 **너는 똥인지 된장인지 꼭 찍어 먹어봐야 아는 애냐**, 라고 해서 들을 때마다 불만스러웠는데 이제 와보니 그것 참 정확하고 분명한 표현이다.

나는 뭔가를 직접 해봐야 아는 사람이었다. 반드시 그걸 겪어봐야 내게 잘 맞는지, 감당할 수 있는지 가늠할 수 있는 사람이었다. 평소 좋아하던 출판사에 입고 문의를 보내는 메일도 두 달 동안 미루다 보낼 만큼 업무상의 연락에 약한 사람이자, 늘었다 줄어들길 반복하는 잔고가 0의 주변을 서성이는 시기엔 아무 일도 손에 잡히지 않을 만큼 돈에 불안한 사람인 데다, 힘들어지면 그 상황에 흠뻑 취해 주변 사람 모두에게 징징거리는 데에 온 기운을 쏟을 정도로 난관 타파의 의지가 없는 사람이기까지 했다. 나는 **내가 생각했던 나라는** 사람과 달랐다. 달라도 너무 달랐다.

책을 만들면서

이미 안다고

생각한 것이

착각이라는 것을

여러 번 느꼈습니다.

시간이 지나면

사람도 바뀌지만,

작품도

다른 의미로

다가옵니다.

전에는

흥미 없던 작품이

별안간

마음에 파고들기도 합니다.

중요한 것은

시간을 들여 마주해야

겨우 보이는 것 같습니다.

\-

Kaye Lee, 《SEOUL & ANIMATOR》

제작자들에게 돌려줄 책을 정신없이 포장하던 때, 기계처럼 상자를 접고 테이프를 끊던 그때 문득 **이것은 끝나버린 연애와 같다**는 생각이 들었다. 그것도 아주 깊이 빠져 사랑하느라 힘들기까지 했던 연애가 끝난 기분이었다. 연애를 하며 나는 상대를 사랑하고, 그 사람을 알아가는 과정이라고 생각했는데 헤어지고 나니까 정작 상대는 없고, **오. 당연히 없지. 헤어졌는데.** 그러니까 내가 안다고 생각했던 상대와 그 사람에 대한 기억은 없고, 나에 대한 것만 남는다. 상대보다는 나를 알게 되는 과정이다. 상대는 물음표로 사라진다. 보편적이라고 주장할 수는 없지만 나의 연애는 그랬다. 나는 사랑하는 사람 앞에서 놀랄 만큼 변했고, 용감해졌지만 내 안에는 도저히 넘어갈 수 없는 어떤 선도 있다는 걸 알게 된다. 그 선을 점점 더 명확하게 인식하도록, 그 선이 이룬 전체의 영역을 넓혀가도록 돕는 게 연애의 역할이라고 보는데 이 책방이 나에게 그랬다.

책방을 정리하면서 나라는 사람에 대해 좀 더 알게 된 반면, 책방은 물음표가 되었다. 내가 했던 책방은 뭐였을까, 뭘 하고자 했던 걸까, 하긴 했던 걸까. 책방을 해봤다고 해서 책방에 대해 더 알게 된 건 없다. 알게 된 건 나다.

쉬지 말고

하세요.

연애!

–

김은비, 『꽃같거나 좆같거나』

미안한 사람이 많았지만 그중에서도 제일은 부모님이었다. 사실 책방을 열고 닫은 것 모두 부모님과 관련이 있는데, 같이 사는 문제였다. 대학 다닐 때 기숙사에 살기 시작하면서 중간에 공무원 시험을 준비하던 때 말고는 계속 떨어져 지냈다. 건강상의 이유로 다시 집으로 들어가게 되었을 때 이미 예상했고 각오도 단단히 했지만 소용이 없었다. 부모님과 한 공간에서 먹고 자기엔, 나가 살며 내 패턴을 굳힌 시간이 너무 길었다.

부모님 역시 나와 초배를 힘들어했다. 공간을 얻었을 때 바닥 공사를 비롯하여 각종 가구 설치와 자잘한 인테리어에 발 벗고 나서기도 했고, 가끔 책방에 도시락을 싸서 놀러 오기도 했던 분들이 책방을 접겠다고 했을 때 만류나 설득보다는 그래, 이번에는 좀 좋은 자취방을 얻어서 이사하지 말고 오래오래 잘 살아보라고 격려를 해주셨다. 걱정 때문에 점점 잔소리가 많아지시긴 해도 내 결정에 늘 응원해주시는 분들인데, 물론 바로 응원하는 건 아니고 매번 반대하고 반대하고 반대하다가 결국 응원하시는 패턴이지만, 책방 일은 부모님께 너무 다각적인 해를 끼쳤다. 두 분의 몸과 마음, 그리고 돈까지 축냈다. 죄송한 만큼 잘 살아야겠다. 훌훌 털고 일어나 거짓이 아닌 통장 잔고를 당당히 보여주는 날이 오도록 말이다.

제가 자취를 하다가,

일 때문에 본가로 들어가서

몇 개월 살았거든요.

근데 그 몇 개월이 너무 불편한 거예요.

평생을 본가에서 살다가

잠깐 3년 정도 홀로 산 것뿐인데.

아침에 언제 일어날지,

밥은 먹었는지, TV는 왜 안 보는지

방 속에서 혼자 있는 딸이 궁금한 엄마가

그저 부담스러웠어요.

그렇게 지내다 책을 만들려고

엄마의 일기를 읽고 또 제 일기도 읽었는데

눈물이 왈칵 나더라고요.

왜 나는 멀리 여행을 떠나서만

엄마를 사랑한다고 하고,

소중하다고 하는 건지.

엄마는 밖에서나 안에서나

항상 똑같이 내가 궁금하고, 사랑스럽고,

더 챙겨주고 싶어 하는데.

이 책을 제작했던 시간은

반성의 시간이었습니다.

\-

이지연, 『Mom-My Record』

다시 **안녕하세요, 『똥5줌』 만든 임소라입니다**, 라고 소개하는 사람이 되었다. 다른 사람들의 책을 여전히 좋아하지만, 내 책만 파는 사람으로 돌아왔다. 돈이 없는 건 매한가지다. 그래도 책방을 할 때엔 순환하는, 어차피 나갈 거지만 잠깐 들어오기는 하는 돈이 생겼는데 이젠 그럴 일도 없어서 글을 좀 더 눌러앉아 쓰고 책을 좀 더 맹렬하게 만들기로 했다. 사람들도 득달같이 내 책을 사줬으면 좋겠다. 끝없는 자기 연민과 자가 복제로 가득한 이 책이 너무 재미없어서 **여보쇼, 당신 글과 책으로 벌어먹고 살기엔 힘들 것 같수다**, 라며 내 어깨를 두드리고 싶을 수도 있다. 그러면 어깨에 닿은 그 손을 잡고 **감사합니다, 이런 말 같지도 않은 글을 94페이지까지 읽어주시다니. 복 받으실 거예요**, 라고 인사드릴 거다.

책방 운영하는 일에는 제풀에 지쳐버려서 아무것도 생각나지 않았는데, 새롭게 만들고 싶은 책에 대한 생각은 계속 생겼다. 마음잡고 글을 지어 책 만드는 일에 집중해보고 싶다. 그것 역시 내 안의 또 다른 선과 그 영역에 대해 알려줄 거다. 규모도 작고 부족한 점이 많았던 사이트에 주문할 때마다 응원 메시지를 넣어주셨던 분부터, 수원이라고 부르기엔 차라리 의왕인 게 나을 이상한 자리의 책방까지 두 시간 동안 지하철을 타고 와서 힘내라고 꼭 말해주고 싶었다던 분과, 인사 외엔 별다른 말도 없이 책만 몇 번 사 가다 책방을 닫게 되었다고 말하자 가만히 초배를 안아주던 분, 그리고 앞뒤도 안 맞고 하고자 하는 이야기가 무엇인지도 모르겠는 이 글을 **여기까지** 읽어주신 분까지. 모든 분들께 감사를 전하며 글을 마친다.

제 글을

꼭 한번

읽어주세요,

라고 말하고 싶어요.

읽어주세요,

라는 말을 자주 하고요.

읽어주셔서 감사합니다,

라는 말도 꼭 해요.

쉽지 않았을 텐데,

재밌지도 않았을 텐데.

고맙다고 꼭 해요.

–

이학준, 『괜찮타, 그쟈』

찾아보기

임소라

글 쓰고 책 만드는 하우위아(HOW WE ARE) 발행인. 『도서관람』, 『비활성화』, 『파생의 읽기』 등을 썼다.

howweare.co.kr

한숨의 기술

2018년 1월 5일 1판 1쇄 발행
2020년 6월 2일 1판 2쇄 발행

지 은 이 임소라
공동기획 스토리지북앤필름 강영규
발 행 인 이상영
편 집 장 서상민
편 집 인 한성옥, 채지선
디 자 인 오윤하
마 케 팅 손주우
펴 낸 곳 디자인이음
등 록 일 2009년 2월 4일:제300-2009-10호
주 소 서울시 종로구 효자동 62
전 화 02-723-2556
메 일 designeum11@gmail.com
blog.naver.com/designeum
instagram.com/design_eum